小学生励志成长小说

我要当学霸

[韩]徐志源 著 / [韩]朴彦玉 绘

巩春亭 译

 **引言**

学习是回旋镖,也是巧克力!

大家好!爱学习的小朋友们好,讨厌学习的小朋友们好,努力学习但没能得100分的小朋友们好,偶然答对题目受到表扬的小朋友们好,所有的小朋友们好!

这本书是培养孩子们形成好习惯的书。习惯是什么呢?习惯就是长时间以来,经过无数次反复,身体形成了记忆的行动。比如说,吃饭的时候不自觉地抖腿、做数学题的时候忍不住挖鼻孔、把脱下来的衣服乱放,这些都是习惯,而且是坏习惯。有坏习惯会给别人留下不好的印象,还会遭到父母的责备。

也有跟这些坏习惯不同的好习惯。比如说,擅长整理、喜欢读书、每天早起、坚持写日记等。优秀的人都有好习惯。大家想要成为优秀的人也要从小培养好习惯才行。

这个童话是培养孩子们爱学习的习惯的童话。爱学习是众多好习惯中很重要的一个哦。一听到"学习"这两个字，有些小朋友就会想："啊，讨厌。不学习就活不下去吗？为什么要学习呀？不努力就能学习好就好了。"当然了，谁都有过这样的想法。

因为学习而苦恼的小朋友们！我有一句话要告诉你们，那就是：喜欢学习就等于你可以学习好。

怎样才能喜欢上学习呢？

这本书的主人公习王是一个比小虫子还讨厌学习的小朋友，但当他遇到山神老师以后就变得爱学习了。大家也来跟山神老师学一下吧。

小朋友们，你们玩过回旋镖游戏吗？当我们把回旋镖扔向天空时，它在空中飞一圈后又会回到我们手中。所以，我们又把学习称为回旋镖，如果我们努力学习的话，学习总是会回报我们的。

　　不要为了得第一而学习,也不要为了得100分而学习,尽力、努力、快乐地学习就可以了。这样学习的话,学习有时就像吃巧克力一样,能让你觉得甜丝丝的。巧克力吃多了会腻,学习却会让你觉得越学越甘甜,永远不会觉得腻。大家一定要相信我说的话啊。

让学习变得快乐的故事大王
徐志源

目录

求求你,
让学习这件事从地球上消失吧! … 2

我们班来了个山神老师 … 15

吃了可以让学习变好的魔法药丸 … 31

为什么要学习? … 46

学习也需要自信 … 68

培养专注力的猫头鹰钟表 … 91

九岁当老师 … 118

学习真有趣 … 143

故事开始啦!

求求你，让学习这件事从地球上消失吧！

习王是个淘气的孩子，妈妈给他穿上的干净衣服，一会儿就被他弄得脏兮兮的。他喜欢把肥皂泡泡吹得满天飞，然后伸出舌头来接住泡泡吃掉它们。

这样的习王偶尔也会做一些比较乖巧的事情，比如，爸爸在卷紫菜包饭的时候说："习王啊，不要伸手拿火腿肠吃哦。"他回答："好的。"就真的不会动火腿肠。妈妈在炒辣年糕的时候说："习王啊，帮帮妈妈呀！"习王就会拿起锅铲帮妈妈搅拌辣椒酱。

噢，对了，是不是觉得"习王"这个名字有点儿奇怪呢？可习王却不这么认为，他认为，如果世界上有最好听的名字的话，那就是爸爸给他取的这个名字。习王姓学，所以他的全名就叫"学

习王"。

"习王啊，我们的习王一定要好好学习呀，学习好了才能成为优秀的人。"爸爸从习王还是婴儿的时候就一直把这句话挂在嘴边。

习王所在的第一小学前面有一家"学习王快餐店"，这家快餐店是习王的爸爸和妈妈开的。习王爸爸最拿手的就是紫菜包饭。习王妈妈炒的辣年糕也超级美味，人们只要吃上一口就会爱上它。来这儿吃辣年糕的顾客就算辣得流眼泪，嘴巴也停不下来。

所以说，习王是个幸福的孩子，因为他随时可以吃到小朋友最喜欢的紫菜包饭、鸡肉串、鱼形红豆饼，而且想吃多少就吃多少。

习王的朋友们也喜欢接近他,因此也就不会有人取笑他的名字奇怪了。习王的朋友们只要肚子一饿,就去习王家的快餐店玩,善良的习王

妈妈立刻就会拿出鱼形红豆饼和鱼丸免费招待他们。每当这时候，习王就很得意，就像自己是个富翁似的。

但是，这样的习王也有烦恼。他的烦恼是什么呢？那就是学习。跟学习王这个名字相反，习王的学习成绩一点儿也不好。

幸福的习王一家，今天却传出了吵嚷声。到底发生了什么事情呢？

"你学不学？"

"不学！"

"到底学不学？"

"不学！就是不学！"

妈妈大发雷霆，习王使性子不听妈妈的话。

"你就考这么点儿分数?对得起你自己的名字吗?"妈妈敲着卷子,大声斥责着。

这是一张习王在学校听写的考卷,上面写着大大的红色的"10"。原来,习王只考了10分。

"习王,你为什么不想学习?"

"不想学就是不想学,我要当歌手!"习王噘着嘴,非常固执。

"习王啊,歌手也是得好好学习才能当的。"

"不是的,歌手只要唱歌好就行了,我只要唱歌好就行了。我才不学习呢,学习实在太让我头疼了。"

"前天,你不是说要当警察吗?"妈妈边叹气边问道。

"当警察不用学习啊,只要跑得快,抓得住小偷就行了。枪我也会用,我有自信心。"

"哎哟,你就会说,叫我怎么相信你?"妈妈很生气,气得心跳加速。

妈妈把试卷翻过来看到习王班主任李老师写

的字。那是李老师写给习王父母的信。

习王的父母：

　　你们好，我是习王的班主任李老师。跟别的孩子比起来，习王的学习成绩不太好。习王上课时的注意力不集中，学习态度散漫。虽然我知道二位很忙，但还是希望二位好好指导一下习王的学习。

李老师

　　妈妈看完李老师的信后一下子愣住了，嘴巴一张一合地喘着粗气，她嘴唇发抖，鼻子发红，表情非常可怕。

妈妈是生气了吗？她会用鞭子抽习王吗？

可实际上，妈妈一句话都没有说，她摸了一下习王的头就出去了。习王呆呆地望着妈妈的背影。

妈妈为什么会这样呢？

房间外面静悄悄的，这更让习王觉得不安。

习王踮起脚尖，小心翼翼地走出来看了看。

原来，妈妈在阳台上。但是，此刻的妈妈有点儿奇怪，她深深地低着头，肩膀在不停地抖动着。习王安静地抬头看着妈妈，妈妈双手捂着脸没有发现习王。

妈妈的眼泪从脸颊上滴到了脖子上，妈妈在

哭，泪水像断了线的珠子一样滴了下来。

"妈妈，您不舒服吗？"习王问道。

"不是，不要紧。"

"妈妈，您为什么哭呀？有什么事吗？"

妈妈擦着眼泪哽咽着说："习王，你就那么讨厌学习吗？"

习王默不作声。

"习王啊，你不喜欢学习的话，不学也行。妈妈没有因为你学习不好而觉得丢脸，我只希望你能够生活得幸福。"妈妈说着说着，眼泪又流了下来。

习王这才明白妈妈哭的原因，原来是因为他只得了 10 分，而且得了 10 分之后还跟妈妈顶嘴

求求你,让学习这件事从地球上消失吧

说自己不想学习，这真伤透了妈妈的心。

习王也伤心起来，他眼里闪着泪花。但是爸爸说过男子汉不能流泪，所以习王强忍着泪不让它流出来。

习王回到房间里，坐在了床上，眼睛憋得通红。他把头埋在枕头底下，双手合十祈祷道：

"如果世界上没有学习这件事，该有多好啊。那样妈妈就不会伤心了。啊，求求你，让学习这件事从世界上消失吧！"

我们班来了个山神老师

宋善美老师的额头上渗出豆大的汗珠,一颗一颗的,看来宋老师真是累了,她动一下身体都会累得大口喘气。这也没什么奇怪的,因为宋老师现在不是一个人了。

宋老师的肚子像小山丘一样突出来,圆圆的,看起来非常大。

宋老师肚子里有一个小宝宝,而且这个小宝

宝过不了几天就要出生了。

今天,宋老师的嗓音格外柔和。可是,为什么她会觉得有点儿伤心呢?原来今天是个特别的日子。

"孩子们,今天是老师和你们道别的日子。老师得有一段时间不能来学校了,因为老师要休假去生小宝宝了。"

宋老师环视着孩子们,挨个与他们对视。习

王也和宋老师对视了一下,可不知为什么,宋老师的眼里闪现了一丝焦虑。

"从明天开始,就由代课老师来给大家上课。代课老师是一位非常优秀的老师,大家一定要好好听话,好好学习,和老师好好相处。"

"好!"孩子们很舍不得跟宋老师分别,女孩子们都哭了。当然了,坚强的习王忍住没哭。

第二天,孩子们都对到底会来一个什么样的老师感到十分好奇。宪硕跑到办公室里打听了一趟,美珠也伸长了脖子打听着。

"叮铃铃……"上课铃响了。

教室的门终于被推开了,新老师出现了。同学们眨着眼睛同时望向门口。

"哇!"孩子们发出了赞叹声。

后排的孩子为了看清楚新老师的样子,从板

凳上站了起来。

"哇!"

"哎呀!"

满耳听到的都是孩子们的感叹声。

老师的模样和大家预想的一点儿都不一样，大家第一次看到长成这样的老师。

"头上像落满了雪！"

"瞧那胡子，是真的吗？"

孩子们像弹力球一样在地板上蹦蹦跳跳，发出一连串咚咚的声响。教室里乱得像游乐场一样。而老师，就像刚刚冒着雪赶过来的一样，头发雪白雪白的，还像没梳过，乱蓬蓬的。

老师还长了络腮胡，络腮胡也全是白色的。

看起来，这个老师已经有很大很大的年纪了，他额头上的皱纹很深很深。孩子们都猜不出老师有多大年纪。

老师还有点儿胖，肚子突出来，走起路来肚

子摇摇晃晃的。但这样突出来的肚子，看起来一点儿都不让人讨厌。

这是为什么呢？因为老师长得就像圣诞老人一样！现在，他要是穿上红衣服，孩子们肯定会排队去要圣诞礼物的。

"嗯哼！"像雪人又像圣诞老人的老师，干咳了一下，可能是因为孩子们忘了行礼。教室里所有的孩子都紧盯着老师，视线随着老师移动。

"嗯哼！不给老师行礼吗？"

孩子们这才躬下身来齐声说："老师好！"

"我的模样很奇怪吗？"

"是的！"孩子们嘿嘿笑着，直率地回答道。

"是叫您老师还是叫您爷爷呀？"慧智问道。

其他孩子敲着桌子笑了起来。

"当然是叫老师了。但我不是普通的老师哦，你们觉得我像人吗？"

"不是人吗？"

"是鬼吗？"民珠的问题又使大家大笑起来。

"我是山神，年龄早就超过了1000岁，所以，我都已经不记得自己有多少岁了。"

老师的话让孩子们止住了笑，因为他说话的时候很严肃。

"自己的年龄都不记得，有这样的人吗？"

"不是告诉你们我不是人吗？那你们能数出自己已经活了多少天了吗？明白了吧？山神也数不清大数目。"

"原来是这样啊。"孩子们点着头说。

"是山神的话,就能拥有金斧子和银斧子啊?"

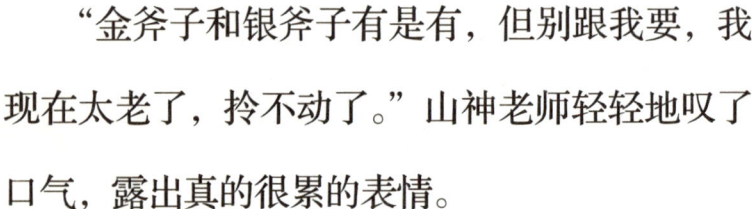

"金斧子和银斧子有是有,但别跟我要,我现在太老了,拎不动了。"山神老师轻轻地叹了口气,露出真的很累的表情。

孩子们又一次点了点头。

"从现在开始,你们要非常努力地学习才行。因为我是山神,我可是会施法术的。"

"法术是什么?"

"连法术是什么都不知道?看来你们得多学习了。法术就是和魔法一样的东西,一般人是不会有这种超能力的。"山神老师说。

"哎呀，怎么会？"孩子们露出了不相信的表情。

"以后你们就知道了，我会施法术让你们都得100分。"

"真的吗？"想到能让自己学习好，还能让自己得到从来都没得过的100分，习王有些动心了。

习王真想和山神老师拉钩做个约定。

"那么，从明天开始我们就正式开始学习吧。"

习王没有听到山神老师的话，他一直出神地望着山神老师的白胡须、白眉毛和白头发。

吃了可以让学习变好的魔法药丸

第二天早上,学校里的第一堂课开始了,内容是习王最讨厌的事情,那就是考试。

"想教好你们就要先了解你们的实力,所以要先考试,用你们平时的方式来做题就行了,考不好也没有关系,我不会惩罚你们的。"

拿到试卷,习王差点儿叫了出来。试卷上满满的都是习王最讨厌的乘法题。

习王拿起铅笔啃了起来,他觉得所有的乘号"×"都像是叉号!

习王随意地写着数字。

坐在习王旁边的是小美。习王悄悄地看了一眼山神老师,山神老师背对大家坐着,望着窗外,这正是习王所希望的。

习王偷偷地瞄了一眼小美的试卷。

但是,小美也觉得乘法很难,她也正在偷瞄习王的试卷。

习王和小美就这样互相抄着。庆幸的是,他们没有连对方的名字都抄上。

"嗯哼!"背对同学而坐的山神老师咳了一声。

"我可是山神呀！长了三只眼睛，脸上两只，后脑勺上还有一只，只不过有头发挡着，你们看不见罢了。"山神老师一边说，一边捋了一下脑后的白头发。

"不要以为老师背对着你们，你们就能偷

看别人的试卷。老师后脑勺上的眼睛可是看得清清楚楚的，知道吗？"

习王和小美都心虚了，看来山神老师真的是有法术的。

听了这话，两人的脸都变得通红通红的，不敢再看对方的试卷了。

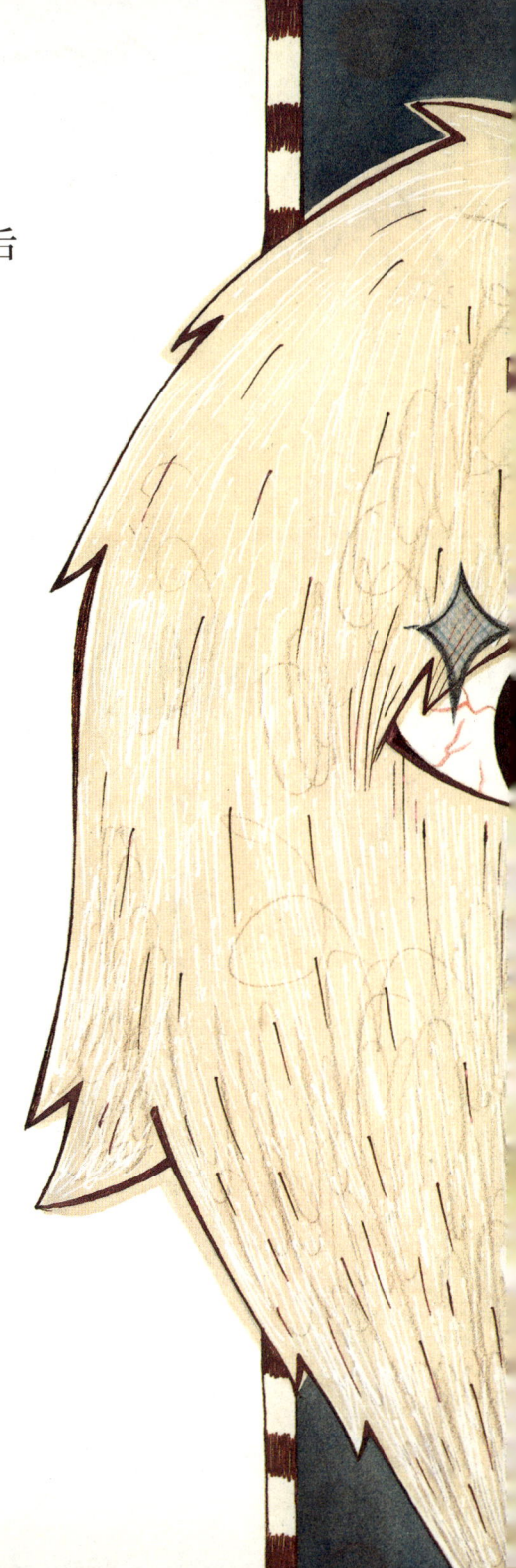

上课时，山神老师也不时地用一下这个法术。

"我可是有三只眼睛哦，别以为我背对着你们，就看不到你们，我的第三只眼看得很清楚。上课一定要遵守纪律。"

山神老师就算正在黑板上写着字，可班里有

谁在摇头晃脑，谁在调皮捣蛋，他都知道。

"谁不听话，老师就把他变得和老师一样长满皱纹！"

孩子们惧怕山神老师的法术，都不敢乱动。

"下课，习王和小美留一下。"山神老师说。

其他孩子都走了，只有他们俩被留在了教室里。

山神老师把刚才考的试卷从抽屉中拿了出来。

习王得了0分，小美得了10分。

"你俩考得太不好了！"山神老师说。

习王和小美怕被山神老师训斥，都把头垂得很低很低。

"你们觉得学习难吗？"

"是的。"习王老实地回答道。小美吓得发抖，什么也回答不出来。

"学习这件事让你们觉得很讨厌吗？是不喜欢学习吗？"

"是啊！"这次，两个人齐声答道。

"我一听到'学习'这两个字就头疼，像针扎一样。我的愿望就是让'学习'这件事赶快从世界上消失。"习王鼓起勇气说道。

山神老师捋了一下花白的胡须，想了一会儿。

"对了，有好主意了！"山神老师拉开抽屉，拿出一个小玻璃瓶子，里面装满了红色、蓝

色,还有黄色的药丸。

山神老师拿出两粒红色的药丸说:

"这些药丸是专门给神灵们吃的有

魔法的药丸。"

"有魔法的药丸?"

"是的,是能让学习变好的药丸。"

"哇!真的吗?"习王和小美用惊奇的眼光注视着山神老师手里的药丸。

"山神生活的世界里,也有像你们一样不喜欢学习,只喜欢玩的小神灵。啊,对了。你们是不是要问小神灵是什么?他就是成

为山神之前的神灵。小神灵想成为山神得通过考试才行。但是他不喜欢学习，每次考试都像你们一样考10分或是考0分。所以他也很苦恼，但后来，他得到了魔法药丸，吃了之后，学习就变好了。现在，这个小神灵已经成为山神，住在长白山上，他也有金斧子和银斧子。"

"哇哦！"

"哇哦！"

习王和小美咧着嘴巴，开心地望着山神老师。

"闭上眼睛，要细细地嚼哦。"

习王和小美使劲闭着眼睛，张大了嘴巴。山神老师将药丸一人一粒放进了他们的嘴里。

习王怕药丸是苦的，小心地嚼着。可实际上，药丸一点儿都不苦，反倒有种甜丝丝的味道。

以后，习王和小美的身上会有什么事情发生呢？

为什么要学习?

"哎呀,对了,我差点儿就忘了,年纪大了总喜欢忘事。"山神老师像突然想起什么似的,拍了一下大腿。

习王和小美专注地望着山神老师。

"要使这粒药丸发挥效力,必须严格按照老师说的做才行。"

"效果是什么呀?"

"就是让你们的学习变好啊。"

"啊,好!"习王和小美开心地笑着答道。

"想学习好,首先要知道为什么要学习。你们知道为什么要学习吗?"

"为了考 100 分。"小美答道。

"为了不挨妈妈骂。"习王也答道。

可是,山神老师摇了摇头。

"原来你们不知道为什么要学习呀。不知道为什么要学习的话,你们就会觉得学习很讨厌、很烦、很痛苦,也很费力。这是因为学习并不是你们自愿去做的事,而是别人强迫的。"

"是的。"两个孩子一起点了点头。

"小美,你的理想是什么?"

歌手？！

"我想当医生,给那些生病的人看病。"

"习王,你的理想呢?"

"我嘛,这个……"习王转着圆圆的眼睛,思考着,"我想做的事情有很多很多。妈妈说理想不能变来变去,她让我就确定一个理想。但是我想做的实在太多了,一个哪儿够啊?我想当警察,还想当歌手,还想当宇航员。"

为什么要学习?

习王没有看山神老师的表情,这时候,山神老师拍着膝盖哈哈笑起来。

"习王真是个理想富翁啊!理想多是件好事情,这说明你想做的事情多。"

"哈哈,是这样吧?对吧?看来我白担心了。"

"为什么这么说?"

"我怕老师也像妈妈一样让我只选一个理想。"习王答道。

"习王啊,妈妈并不是觉得理想多是不对的。但是,要确定一个理想才能够全力以赴地去实现。比起追十只兔子来,只追一只兔子的话,肯定更容易捉到。"

"原来是这个意思呀。"习王歪着脑袋乐了,小美也跟着笑了起来。

"但你们要怎样去实现自己的理想呢?"

"这个嘛……"习王和小美很迷茫。虽然有过理想,但他们却从没想过自己该如何实现理想。

"想成为医生、警察或宇航员,要怎样做才行呢?"山神老师又一次问道。

为什么要学习?

"啊，我知道了。"习王拍着小手说。

"怎么办呀？"

"长大了就可以了。"

"是的，长大以后就能实现理想，但不是所有人长大后都能实现理想。"

习王和小美眨着眼睛看着山神老师，他们觉得山神老师在给自己讲一个重要的道理。

"有个孩子，他特别想成为医生，长大后却没有实现他的理想。另一个小孩想当伟大的科学家，但长大后他没能成为科学家。"

"啊，我妈妈在小时候想成为老师，我爸爸的理想是成为能摘星星的将军，但现在，他们只开了一家快餐店。"

"是的，每个人在小的时候都有一个很大的理想，但长大后能够实现自己理想的人却不多。"

"原来是这样啊，我们也会这样吗？我们长大了会干什么事情呢？"小美问道。

山神老师没有回答小美的问题，而是捋着胡须，温和地笑了。

"我不知道你们将来会成为什么样子。"

"为什么呢？您不是山神吗？施一些法术您不就知道了吗？"

"不是的，你们成为大人后的样子，没有人能够知道。哦，有一个人能够知道。"

"那是谁呀？"

山神老师指着习王和小美。

"那就是你们自己呀!学习王、韩小美,你们未来的样子只有你们自己知道。"

"只有我吗?我不知道啊!"习王露出了疑惑的表情。

山神老师指着天空说:"天上有很多星星在一闪一闪,实现理想就像摘星星一样,你们都希望能摘到星星。但是,摘星星可不是那么容易的,所以很多人都没有实现自己的理想。"

习王和小美点了点头,习王觉得实现理想是件非常难的事情。

"是的,实现理想是很困难,但只要你们认真努力,早晚都会实现的。如果你们想摘到星星,必须努力才行,而且越努力离星星就越近。但是,如果你们不努力,整天等着星星掉下来,是永远也得不到星星的。"

"有个很长的梯子就行了嘛!"习王伸长了两个胳膊说道。

"是的,应该是这样的。如果想到天上去的话,是需要一个很长很长的梯子。但是,习王啊,这个梯子就在你的旁边,你每天都能看得到。"

习王和小美又露出了疑惑的表情。

"那个梯子就是学习啊!"

"学习?"

"如果努力学习的话,梯子就会渐渐地变长,你们越努力,梯子越长,最终就能让你们摘到星星。习王同学,小美同学,学习是能够帮助你们实现理想的梯子啊。你们学习的理由就是要帮助自己实现理想。"

"原来是这样。"习王和小美点了点头,他们现在才知道山神老师说的是什么意思。

"但是老师,听写真的太难了。我想成为宇航员,一定要会听写吗?"

"当然啦,当宇航员就要读很多的书,会写文章,如果连听写都不会、字都写错的话,那不是很丢脸吗?人们就会说,这是什么宇航员啊?连字都不认识!"

"原来是这样啊。"习王用担心的声音回答道。

"那么老师,想当医生或是警察,需要背会九九乘法口诀吗?"小美问道。

为什么要学习?

"当然啦，医生要给患者开药方，要精确地计算出用药量来吧？另外，警察如果想快一点儿抓到小偷，就需要精确地算出他们偷了多少东西吧？警察要维持交通，就要精确地知道有多少辆汽车吧？"

"是的。"

"所以需要背乘法口诀啊！背好了乘法口诀，就能够很容易地把结果计算出来了。"

"怪不得妈妈说，只有背好乘法口诀才能成为优秀的人呢。"小美嘟囔着说。

"学习语文、学习数学、学习英语、学习科学，学校里所有的学习都是为你们将来实现理想做准备的，是为了给你们准备一个能够到星星的长梯子。所以，不论你们选择什么样的职业，都必须好好学习。"

"是！"习王和小美大声答道。

"现在，药效好像已经发挥出来了。回家以后不想学习的时候，好好想一想，未来自己的样子：成为医生给患者治病的样子，成为宇航员遨游太空的样子，成为警察抓小偷的样子。如果你想成为那样，不学习是不行的。"

习王和小美向山神老师深深地鞠了一躬，然后回家了。

"等着我！"

在回家的路上，习王望着天空。他似乎觉得自己已经变成了一名宇航员，飞翔在蓝色的天空

和白色的云朵上面。

"星星们,等着我,我一定会摘到你们的!"习王大声地喊着。

山神老师的魔法教程

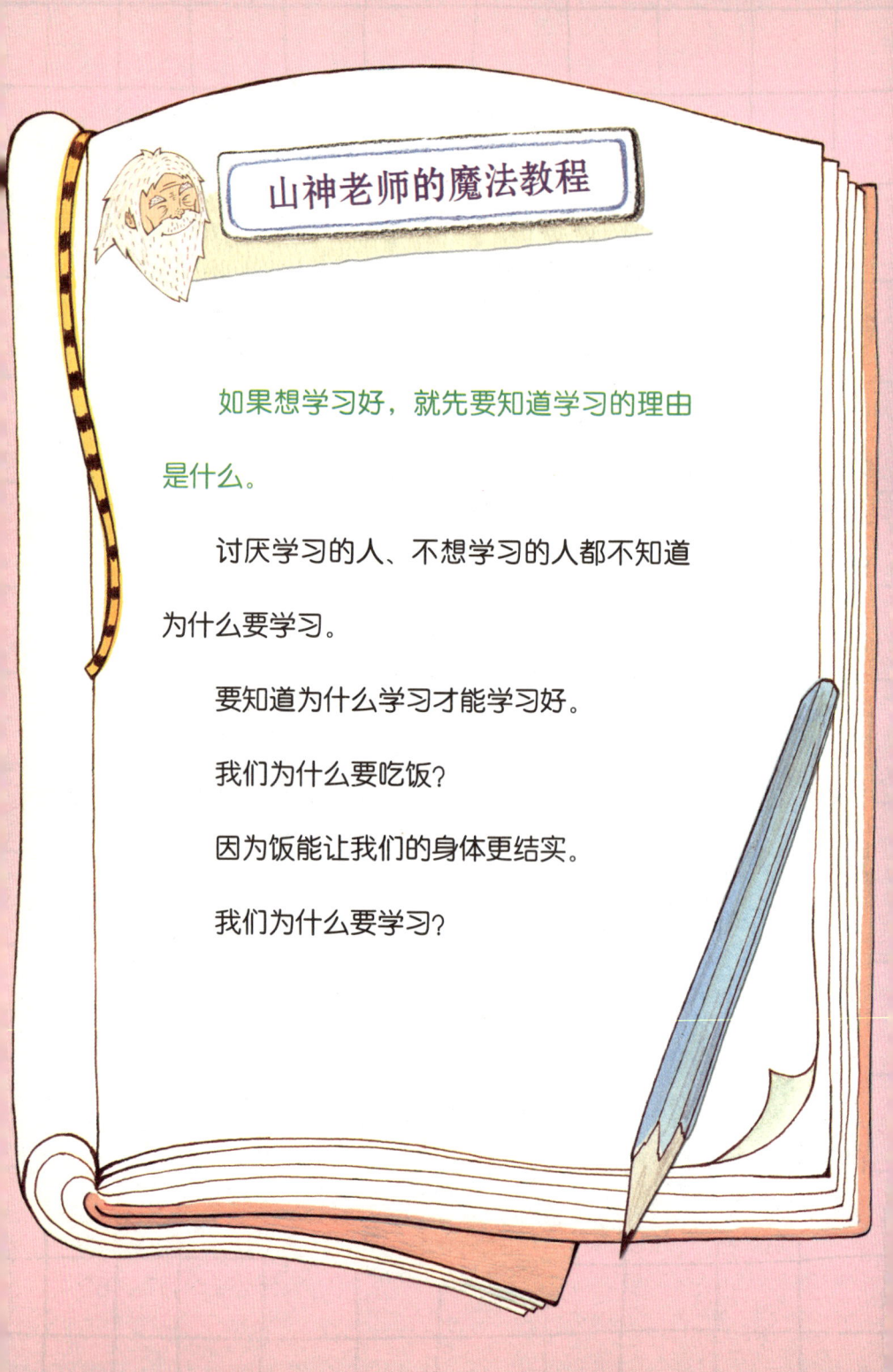

如果想学习好,就先要知道学习的理由是什么。

讨厌学习的人、不想学习的人都不知道为什么要学习。

要知道为什么学习才能学习好。

我们为什么要吃饭?

因为饭能让我们的身体更结实。

我们为什么要学习?

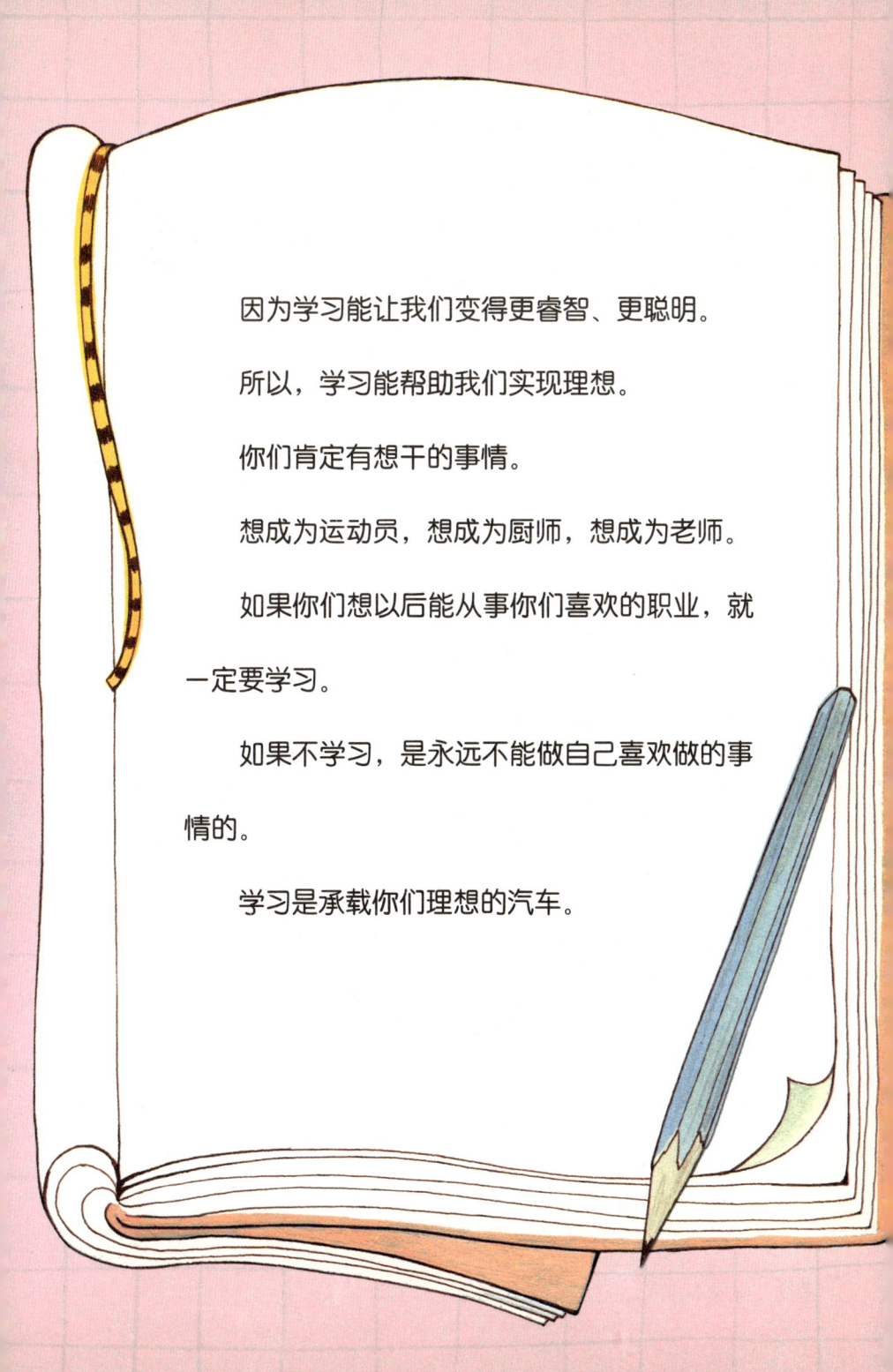

因为学习能让我们变得更睿智、更聪明。

所以,学习能帮助我们实现理想。

你们肯定有想干的事情。

想成为运动员,想成为厨师,想成为老师。

如果你们想以后能从事你们喜欢的职业,就一定要学习。

如果不学习,是永远不能做自己喜欢做的事情的。

学习是承载你们理想的汽车。

学习也需要自信

"妈妈,我们班来了个山神老师!"回到学习王快餐店,习王就大喊起来。

习王把学校里发生的事情高兴地讲给妈妈听,说山神老师的年龄超过了1000岁,头发、眉毛、胡子都雪白雪白的,还说山神老师给他们吃了一粒神灵们吃的魔法药丸。

当然,他没有说自己偷看小美的试卷,也没

有说自己在乘法测试中得了 0 分。

开始，爸爸和妈妈都没有听懂习王说的是什么。但是，他们慢慢就听懂了。"真的吗？真有这样的事？好奇怪啊！"爸爸和妈妈都觉得很神奇。

习王一整天都在嘟嘟囔囔地说山神老师的事情。

"爸爸，妈妈！现在你们不用担心我了。我会成为像我名字一样的学习王的，因为我吃了能让我学习变好的魔法药丸。"习王就像学习真的变好了似的。

"那么，我们来听写一下试试呀？"妈妈问道。

"嗯！"

"你要能得 100 分的话,我就给你买上次你想买的那双旱冰鞋。"

"好的!"习王打开教科书,开始练习听写。又像平时一样,他一边看电视,一边吃着点心学习。

"妈妈,我都写完了。"

"真的都写完了?"

"嗯,你考考我试一下,我肯定得 100 分!"习王耸着肩膀说。

妈妈开始让习王听写。

"轻轻摇头、作业、蜗牛……"

习王摇晃着脑袋一个一个写了出来。听写完,妈妈拿着彩色铅笔给习王检查。

"这个错了,这个也错了,哎呀,这个也错了!"

听写了十个单词,习王只写对了两个,他很气馁,撅着嘴巴,头低了下来。

泪水一滴一滴地掉下来,掉在习王的膝盖上面。

"习王啊,不要紧的,再学就可以了,干吗哭呀?"妈妈温和地安慰着习王。

"呜呜呜,我肯定是个傻瓜,吃了山神老师的魔法药丸,也一点儿效果都没有,我肯定实现不了理想,当不了宇航员了。"习王哭得越来越伤心。

妈妈一把把习王拉过来搂在了怀里。他的话,

突然让妈妈觉得很心疼。

第二天,习王和小美一起,再次找到了山神老师,并且诉说了昨天发生的事情。

习王一边说着,泪水禁不住又流了下来。

"看来药量有点儿不够呢。"山神老师捋着白胡须,思考了起来。

"对了,这次给你们吃其他的药丸!"山神老师从抽屉里拿出了玻璃瓶,从里面拿出两粒黄色的药丸。

习王和小美细细地嚼着药丸,有股橘子的味道。

"但是老师,这是什么呀?"

"这是能给你们自信的药丸。"

"自信是什么呀?"

"自信就是相信自己

什么都可以做到。如果没有自信,肯定是学不好的。尽管你们吃了能学习好的药丸,但学习依然没有变好,就是因为没有自信。"

"哦,是的。"习王和小美开心地笑了起来。

"需要一段时间,药效才能发挥出来。老师先给你们讲一个以前的故事。"

山神老师干咳了一声之后,讲起故事来:

"很久以前,有一个很聪明但没有自信的男孩,他的名字叫哲秀,他的邻居家有一个不聪明但是很有自信的男孩,他的名字叫英熙。每次考试,聪明的哲秀都能考90多分,但是不聪

明的英熙只能考到70多分。一天,哲秀和英熙决定要比一下谁学习好。"

"啊哈哈,英熙是个傻瓜,真笨!"习王说。

"为什么?"

"不聪明的话,学习比赛肯定会输的啊。我玩过很多游戏,所以我知道的,这样的比赛还是不要参加才好。"

听到习王的话，山神老师摇了摇头。

"真是这样吗？你先听我把故事讲完。哲秀虽然很聪明，但是缺乏自信。如果人没有自信的话，就会这样想：我肯定做不到的，再努力我也考不了 100 分。哲秀也是这样想的，所以他得了 90 分一点儿也开心不起来。"

"妈妈说过，我要是能考 90 分，她就背着我在小区里转一圈呢！"小美吐了一下舌头，羡慕地说。

"相反，英熙虽然不聪明，但他很自信。有自信的人会这样想：我做什么都能做得很好，现在虽然做不好，但是只要我努力

就肯定能做好。这也是英熙心里的想法,所以只得 70 分,她也很开心。因为她觉得,再稍微努力一下就能得 80 分。得了 80 分,再努力一下就能得 90 分。那样,离 100 分就不远了。"

"哇,我好羡慕英熙啊!"

"没过多久,学校里又考试了,哲秀和英熙比试了一下。谁会赢呢?是英熙赢了。因为,英熙带着必胜的自信,努力学习。而哲秀没有自信,学着学着就放弃了。"

"原来是这样啊!自信真的很重要呢。"习王和小美对视着说。

"老师已经给你们吃了能增加自信的魔法药丸,你们也会有自信的。现在,我就要对你们施魔法了。"

"施魔法？"

"是的，只有这样才能有效果。来，把眼睛闭上，按照老师说的话做。"

两个孩子把眼睛闭得紧紧的，眼角都皱了起来。

"现在，你们慢慢地到自己的心里面去看一看，就像到镜子里面去看一看一样，你们是不是已经进去了？看一看，考完试以后，你们心里的想法是什么。"

过了一会儿，习王和小美觉得自己的眼前渐渐亮了起来。

"我很伤心。"小美说。

"我也很难过，得了0分觉得很丢人。"习王也说道。

"好的，你们已经知道自己的想法了。就是这种想法让你们不爱学习的。我再怎么努力都不行的想法、努力学习却只得0分的想法、觉得学习很恐怖的想法，这些想法都是不好的想法。就是有这些不好的想法，你们才学习不好的。"

"那怎么办呢？我们是不是得了什么病啊？"

山神老师摇了一下头。

"不是的。把不好的想法从心里面赶出来，让好的想法进去就可以了。如果你们有努力学习就能得 100 分的想法,那么怕得 0 分的想法就会被赶得远远的。同样,如果你们有只要努力就能做好的想法,怎么努力都不行的想法也会被赶得远远的。"山神老师慈祥地注视着他们。

"来,再把眼睛闭上,想象一下你们得了 100 分以后会怎么样。想象一下,得了第一名,同学们都很羡慕,老师也夸奖,父母也为你自豪的情形,心情会怎么样呢?"

"哎呀,心情变得特别好!"

"又高兴又幸福!"

习王和小美的嘴巴不自觉地咧着。

"是的,这就是心情好。一定要记住这种感

觉,一定要以这种心情来学习,那样的话就能产生动力,这种动力就是把不好的想法都赶走的自信。"

"是，记住了！"习王和小美向山神老师深深地鞠了一躬。山神老师欣慰地看着他们。

走在回家的路上，习王说："就算不吃饭，我也觉得肚子里饱饱的，因为我的心里好像充满了什么。"

小美也说："我也一样，心里痒痒的，有一种做什么都能做好的感觉！"

"看来，山神老师是给了我们一粒强效的药丸。"

"嗯！那可不是普通的药丸呀。"

两个人欢笑着回家了，都想赶快回到家里学习。

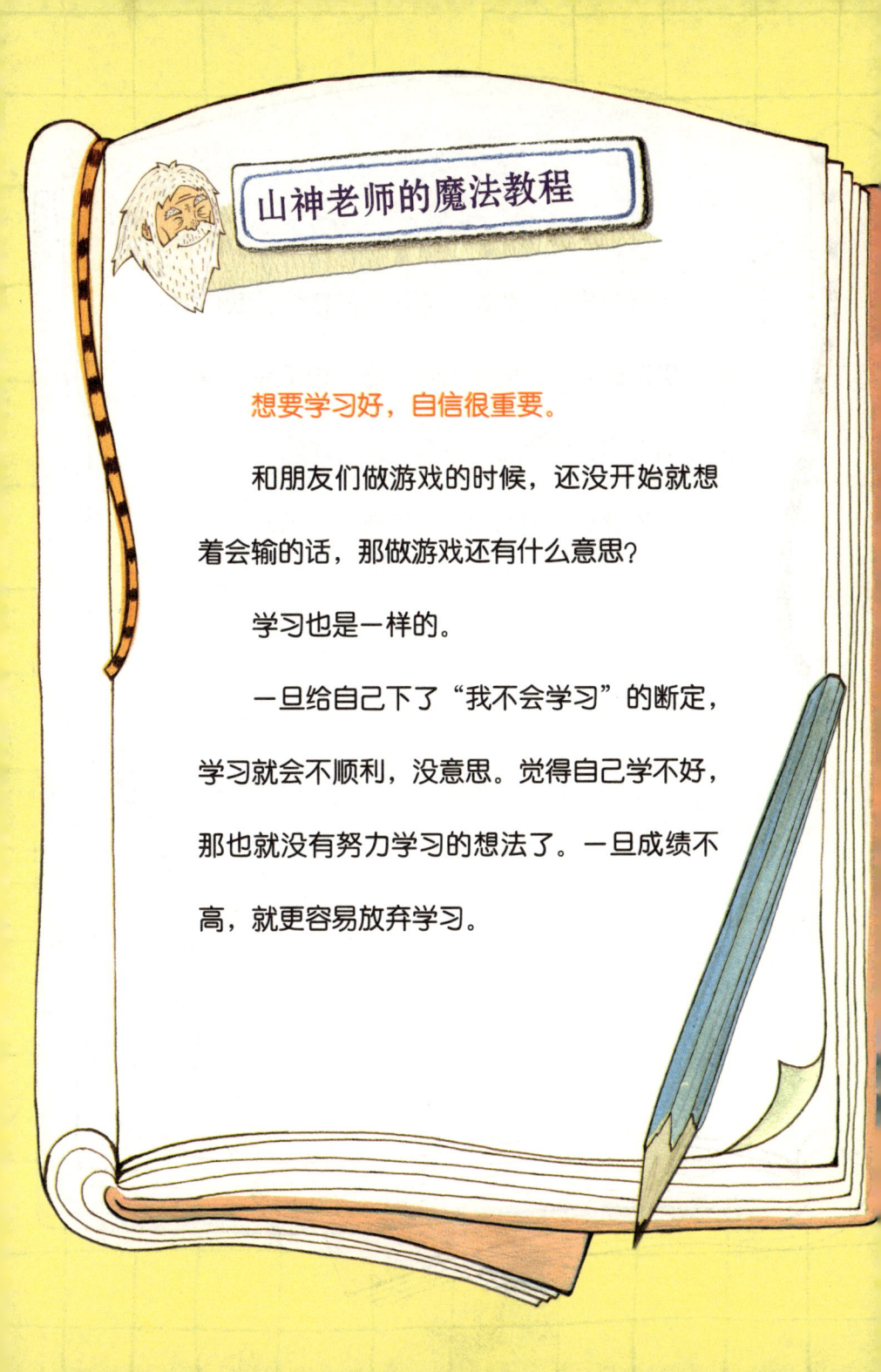

山神老师的魔法教程

想要学习好,自信很重要。

和朋友们做游戏的时候,还没开始就想着会输的话,那做游戏还有什么意思?

学习也是一样的。

一旦给自己下了"我不会学习"的断定,学习就会不顺利,没意思。觉得自己学不好,那也就没有努力学习的想法了。一旦成绩不高,就更容易放弃学习。

但是如果有"我也能学好"的自信，我们就会积极地去学习，即使考得不好，也不会觉得失望。知道自己只要能一点点改正错误就行了。

这样看来，自信也可以提高学习成绩。

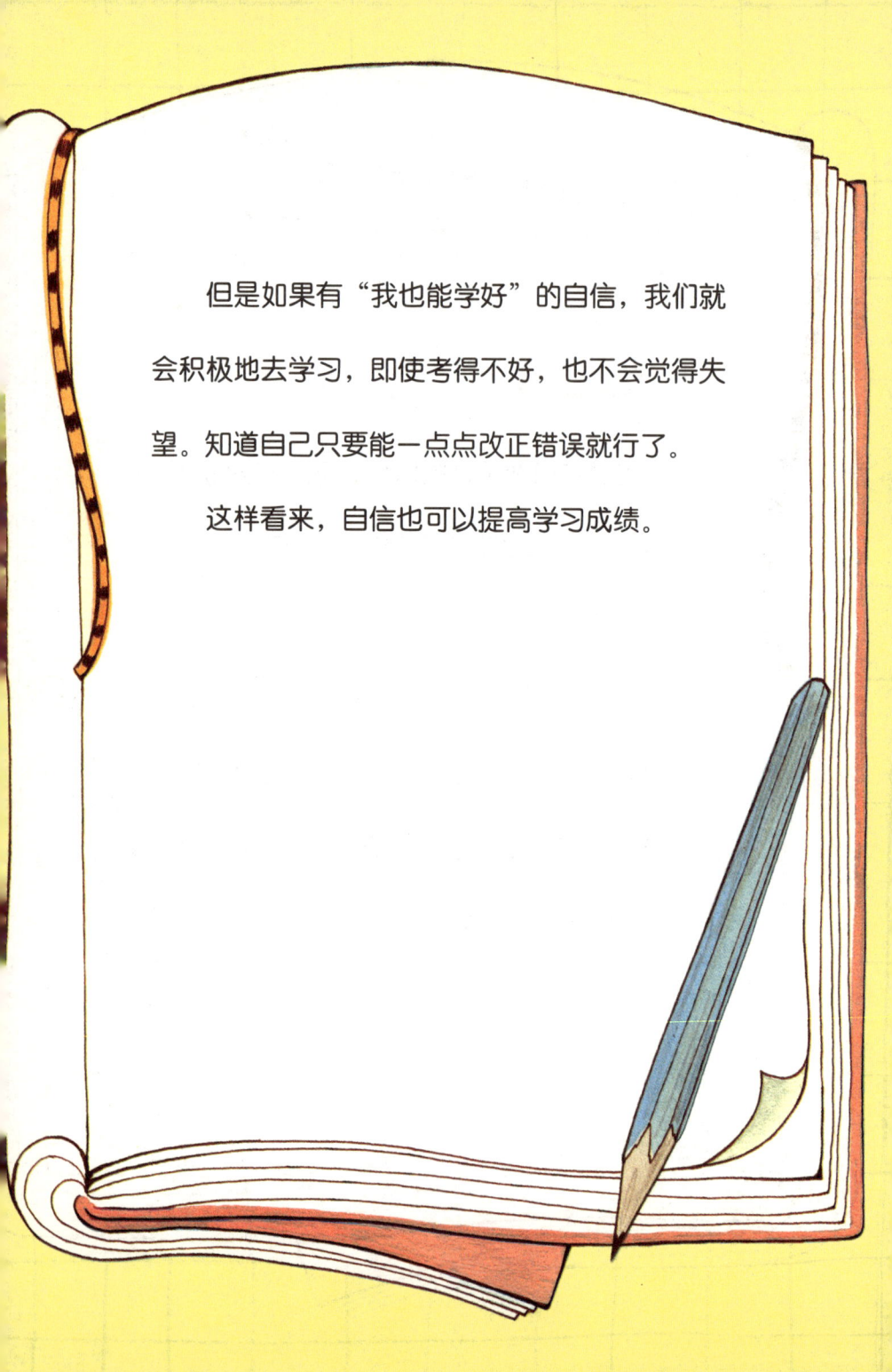

培养专注力的猫头鹰钟表

习王的屁股在椅子上扭来扭去,学了还不到五分钟,一道题也没有做出来,他就有一点儿坐不住了。一会儿看看这里,一会儿看看那里,一会儿捏捏橡皮,一会儿咬咬铅笔,一会儿把腿跷起来,一会儿打开抽屉。虽然他的肚子一点儿都不饿,但还是去把冰箱的门打开又关上,关上又打开。

习王想起了山神老师的脸,好像听到山神老师在说:"要想实现理想,必须努力学习!"

习王赶快坐到椅子上面,打开习题集。但他怎么也集中不了精神,眼睛虽然盯着习题集,可心早就跑到游乐场里去了。

"啊,太累了,玩会儿游戏再做吧。"习王赶紧跑到电脑前坐了下来。家里没有别人,也没有人会说他。

习王敲着键盘,移动着鼠标,完全沉浸在游戏里面。

这样也不知过了多长时间,习王突然听到自己背后有"咚咚"的声音,他吃惊地抬起了头,妈妈正生气地瞪着他。

"习王啊,你简直太让妈妈失望了,你不是保证自己要好好学习的吗?现在一天都没过完你就开始玩游戏了。你怎么能违背自己和妈妈的约定呢?"

习王低下了头,他这次没有对妈妈大喊大叫说不想学习,他怕那样的话,会让妈妈再哭起来。

习王赶紧把电脑关上,回到了自己的房

间里,但他坐在书桌前面,还是学不进去。

"我已经吃了山神老师给的能让学习变好的药丸,也吃了能产生自信的药丸,但为什么还会这样呢?一点儿用都没有。看来明天还要向山神老师要点其他的药丸。"习王哭丧着脸想着。

第二天,习王一早就去找山神老师,并把昨天发生的事情一五一十地告诉了他。

山神老师似乎已经知道习王要来说这些话,他对习王说:"是的,有时候是这样的。"

"老师,给我一粒能让我变成学习天才的药丸吧。我实在不想让妈妈再伤心了。"习王焦急地看着山神老师拜托道。

"像你一样的孩子有很多,你是得了一种叫

做'散漫病'的病。"山神老师说道。

习王一听到老师说自己病了,心就沉了下来。

"习王啊,不论多么聪明的人,都不可能同时做好两件事情。做一件事情,就要专心地做。但是,你是不是在学习的时候又想着别的事情,并且还同时做别的事情啊。是不是边学习边看电视,边听音乐边和朋友们聊天呢?"

"是的,您是怎么知道的?"习王觉得山神老师非常神奇。

山神老师没有回答,继续说道:

"学习的时候就学习,学习的时候做其他的事情就会得散漫病。得了散漫病是绝对学习不好的。"

习王一副垂头丧气的样子。

"不要太担心,散漫病是可以治好的,用一个有魔法的工具就可以了。"

"有魔法的工具?"习王眨着眼睛好奇地问道。

"上课的时候我会给你看的。"山神老师微闭

着眼睛说。

"叮铃铃……"上课铃终于响了。

虽然上课了,但孩子们还是在打打闹闹。有的在扔纸飞机,有的在唱歌。孩子们就像不能集中注意力学习的习王一样,得了散漫病。

山神老师不说话,环视着孩子们,并从讲台下面拿出来一个纸箱子。

"那应该就是治疗散漫病的魔法工具吧。"

习王睁大眼睛看着箱子,其他孩子也用好奇的眼神看着箱子,好像箱子里有什么好吃的似的。

山神老师从箱子里拿出了一个东西,是只猫头鹰,用素描纸做成的猫头鹰,猫头鹰的身上装有钟表的指针。

"这就是治疗散漫病的猫头鹰钟表。"

"什么叫散漫病啊?"小美问道。

"你们学习的时候,是不是总觉得坐不住,屁股老想扭来扭去?"

"是的。"孩子们回答道。

"本来30分钟可以做完的习题集,是不是要蹭到几个小时才能完成,之后还会受到妈妈的训斥？"

"是的。"

"学习时是不是眼睛看着黑板，心却不知道跑到哪里去了？"

"是的。"孩子们又回答道。

果然是山神老师啊，孩子们想什么，他都知道。

"这些都是散漫病的症状。必须把散漫病治好，你们才能集中注意力学习。"

"什么又叫集中呢？"

"你们连这都不知道？集中呢，就像是用放大镜，把一束束的阳光聚集在一起，照在纸上，这样纸就会燃烧起来，对吧？"

"是的。"

"就像是用放大镜把阳光聚集起来一样,你们也要把注意力集中起来,那样的话,再怎么困难的学习都会变得非常简单,多么难做的题目都能迎刃而解。"

"哇哦!"孩子们感叹道。

山神老师把猫头鹰钟表挂到了黑板旁边的墙壁上,这样所有孩子都可以很清楚地看到猫头鹰钟表了。

"从现在开始一定要好好听猫头鹰钟表的声音,在学习的时候,如果猫头鹰叫了,就不要再学了。"

"您是说如果猫头鹰叫的话,就不要学了,是吗?"坐在前排的惠丽以为老师说错了,又一次问道。

"是的,猫头鹰叫一次就必须停止学习。然后,你们就可以想怎么摇头晃脑就怎么摇头晃脑,想怎么唱歌就怎么唱歌，尽情地玩耍。如果猫头鹰又叫的话，你们就要赶紧开始学习。"

"猫头鹰钟表一会儿让我们开始学习，一会儿又让我们停止学习，是这样吗？"民珠问道。

"就是这个意思，你们能做到吧？"

"是的，能做到。"孩子们使劲点着头，回答道。

开始上课了。

山神老师把教科书打开，念了起来，但是孩子们却望着猫头鹰钟表。猫头鹰的眼睛一会儿往左一会儿往右，转来转去地看着孩子们。

"嗯哼。"山神老师干咳了一声，孩子们这才把视线移到了教科书上。

刚开始学习不长的时间。

"咕……咕咕，咕……咕咕……"猫头鹰叫了起来，翅膀也上下扇动起来。

孩子们吃了一惊，不知道该怎么办，呆呆地坐着。

"现在开始玩吧。"山神老师把教科书合了起来。

孩子们也赶紧停止了学习，静静地看着猫头鹰钟表。猫头鹰就像什么事情都没有发生一样，继续左右转动着自己的眼睛。

"快点儿玩吧，这是玩的时间啊。"山神老师催促着孩子们。

孩子们按照山神老师说的，和旁边的孩子聊

起了天,并站起来左转转、右转转,有的喝水,有的扭动着屁股做着搞怪的动作,吸引来不少孩子们的眼球。

走廊和其他教室里都静悄悄的,开始的时候,大家都觉得在上课时间玩怪怪的。

过了差不多 10 分钟，猫头鹰钟表又"咕咕"地叫了起来。

"开始学习。"山神老师说道。孩子们赶紧跑到书桌前坐下，并且集中注意力，开始学习。

过了 10 分钟左右，猫头鹰钟表又"咕咕"地叫了起来。

孩子们又放下铅笔，唱歌的

唱歌,吃糖的吃糖。

又过了10分钟后,猫头鹰钟表又发出了"咕咕"的信号。

孩子们又迅速回到书桌前坐下,认真地学习起来。

就这样学10分钟,休息10分钟,再学10分钟,又休息10分钟,反复着。

但是奇怪的事情发生了,孩子们的耳朵渐渐

变得能够听清楚山神老师的话了,屁股也渐渐地变沉了。

孩子们不再像以前一样东张西望了,屁股也不会在椅子上扭来扭去了。

"好奇怪啊!最不喜欢做的数学习题集已经做完10张了!"小美说道。

"我也是这样,我也不知不觉地做了很多习

题。"习王也说道。

"我一个人从来没有做过这么多习题,这还是第一次呢!"

"哇!看来山神老师给我们的猫头鹰钟表有魔法啊!"

习王觉得很神奇,他盯着猫头鹰钟表看,但是猫头鹰钟表的眼睛继续一会儿左一会儿右地转动着。

"老师,好神奇啊!"休息的时间,习王对山神老师说。

"什么很神奇啊?"山神老师装出一副什么都不知道的样子,他问道。

"学习渐渐好了,看来散漫病治好了呢!"小美说。

"呵呵!真是太好了!"山神老师笑着说。

"孩子们,猫头鹰钟表能够培养专注力,专注力是让想法集中起来的力量。我们在学习的时候，学着学着是不是就会有想玩、想吃东西、想玩游戏的念头啊？专注力就是把散落在这些想法上的注意力汇聚起来，并将它们全用在学习上面的能力。"

"猫头鹰钟表有这样的能力啊？"慧智惊奇地问道。

"是的，想学习好，我们就必须集中注意力。学习好的孩子在学习的时候，只想着学习。但是学习不好的孩子在学习的时候，却在想很多其他的东西，做很多其他的动作。猫头鹰钟表可以帮助那些学习不好的孩子集中注意力学习。如果要问是怎么做到的，那就是把学习的时间变短。"

"把学习时间变短?"惠丽问道。

"是的,把学习时间变短,注意力就很容易集中了。10分钟内集中注意力学习,这还是很容易做到的。好好休息一下,然后再努力学习10分钟,这样让学习时间变短,从而让你们产生专注力。"

"啊!原来是这样!我已经有专注力了!"习王不禁感叹道。

"学习是不是变得有意思了?"

"是的!有了猫头鹰钟表,学习变得有意思了,时间也过得很快!"

"哈哈!"

"呵呵!"

山神老师和孩子们一起开心地笑了起来。

下课后,老师叫住了习王。

"我借给你一个小猫头鹰钟表,把这个放在书桌上面,它就会和我们教室里的猫头鹰钟表一样，帮助你提高专注力。习王啊，要好好学习哦。"

那天晚上，爸爸和妈妈从快餐店里回来，觉得家里非常安静。

"我就知道会这样，这个家伙怎么可能遵守约定呢？"

妈妈以为习王没有学习，又跑到别的地方去玩了。爸爸和妈妈带着失望的表情来到习王的房间。

但是习王正在努力地学习。

"习王啊，你在干什么呢？"爸爸和妈妈惊奇地望着习王，问道。

"别跟我说话。猫头鹰钟表还没有叫呢！现

在要集中注意力学习。"习王答道,但他连看都没有看爸爸和妈妈一眼。

习王已经做完了练习,也做完了作业,他觉得学习变得非常有意思。

因为习王的态度十分认真,爸爸和妈妈没有

再多说什么,他们悄悄地退到了房门外,静静地看着习王。

"真好啊!我们的习王有了这么大的改变。"爸爸和妈妈欣慰地看着习王。

山神老师的魔法教程

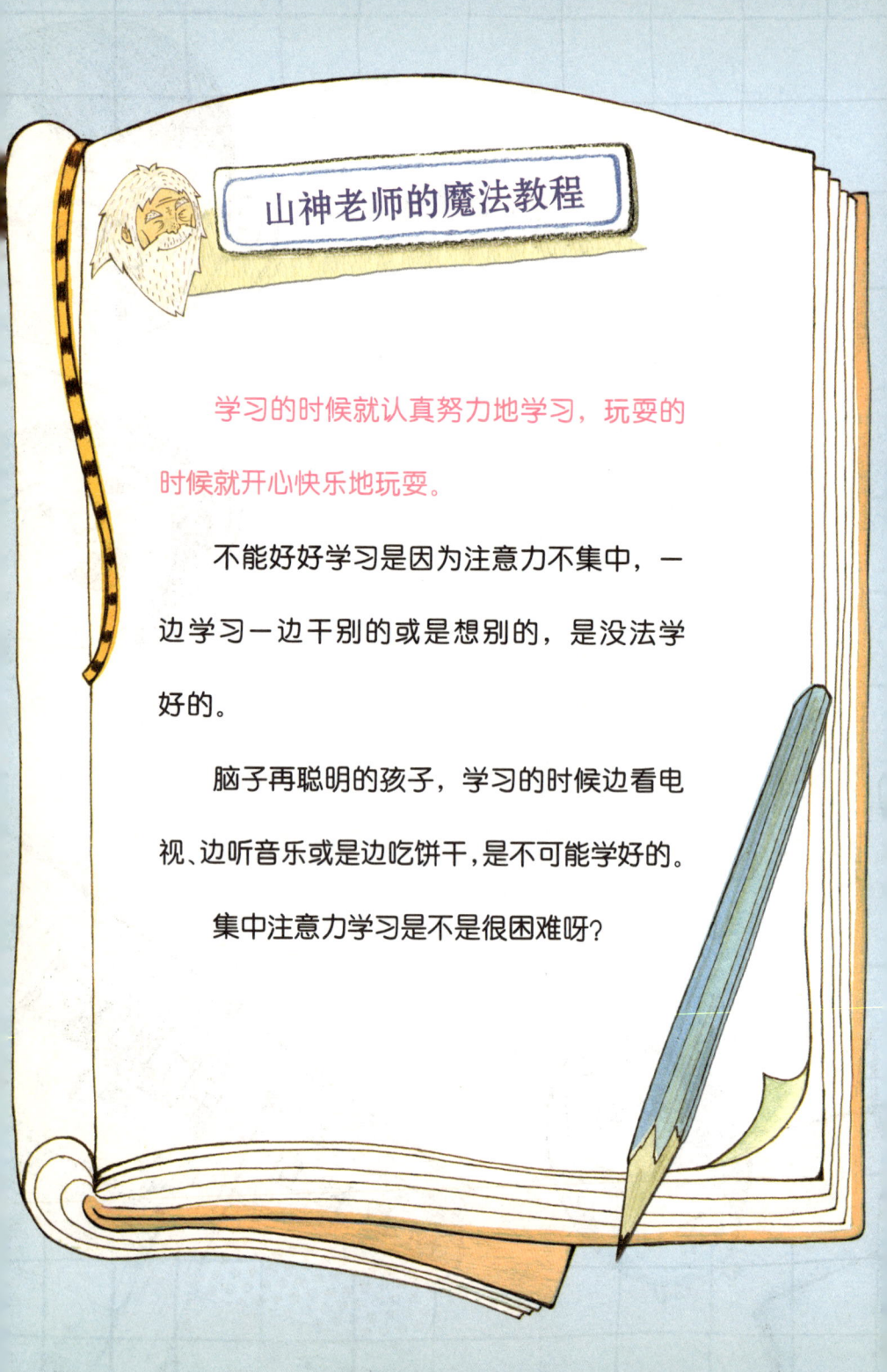

　　学习的时候就认真努力地学习，玩耍的时候就开心快乐地玩耍。

　　不能好好学习是因为注意力不集中，一边学习一边干别的或是想别的，是没法学好的。

　　脑子再聪明的孩子，学习的时候边看电视、边听音乐或是边吃饼干，是不可能学好的。

　　集中注意力学习是不是很困难呀？

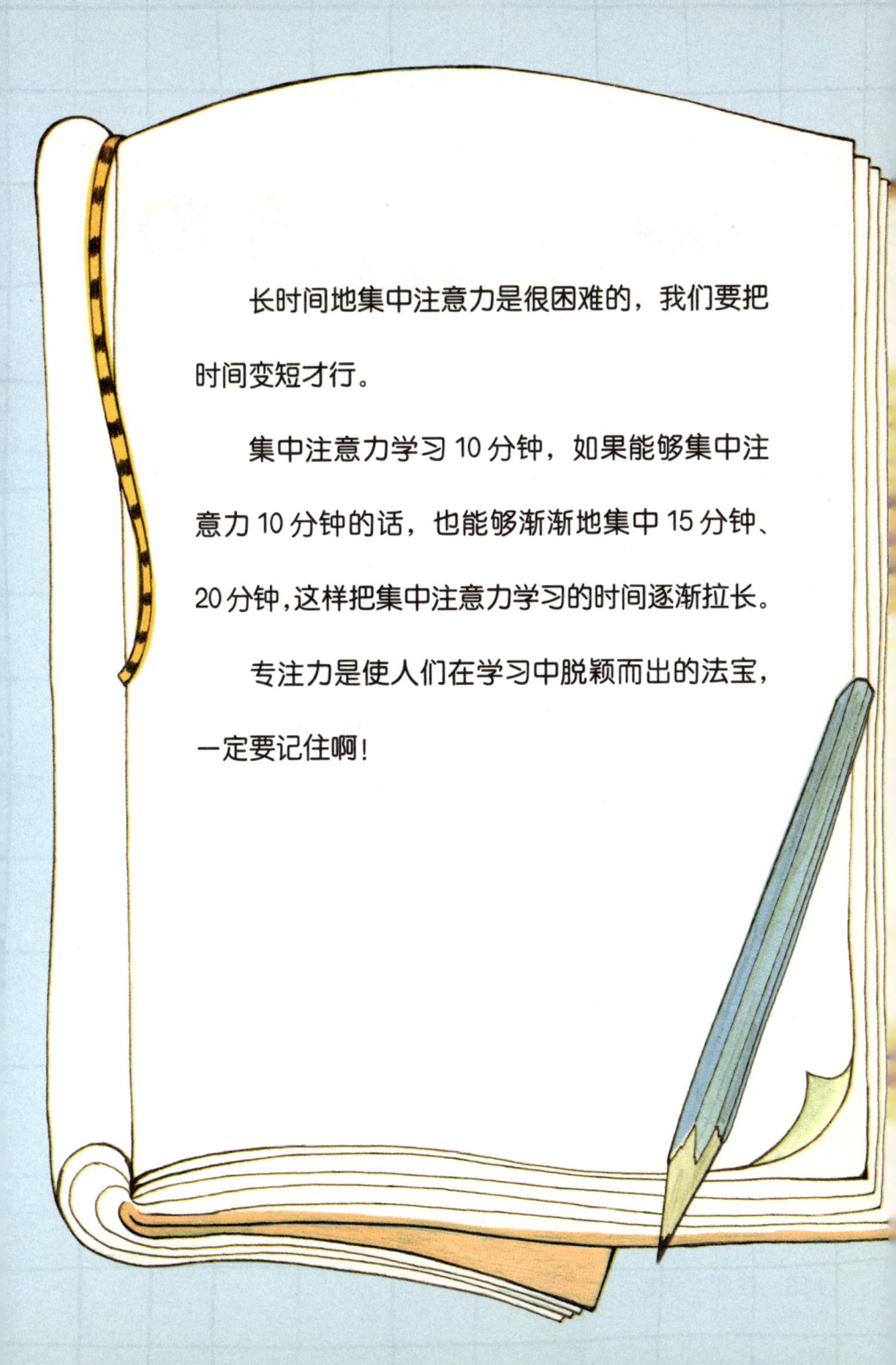

长时间地集中注意力是很困难的,我们要把时间变短才行。

集中注意力学习10分钟,如果能够集中注意力10分钟的话,也能够渐渐地集中15分钟、20分钟,这样把集中注意力学习的时间逐渐拉长。

专注力是使人们在学习中脱颖而出的法宝,一定要记住啊!

九岁当老师

"哎哟,我的腰呀。哎哟,我的头呀。"

山神老师来到了教室里,但是他的头上却缠了一条白色的绷带,一只手挂着拐棍。

"老师,您哪里不舒服啊?"孩子们都露出了担心的表情。

习王也从椅子上站了起来,看着山神老师。

"唉，腰酸溜溜地痛，头也昏沉沉的，肩膀也痛，胳膊也痛，腿也痛，连屁股都在痛。哎哟，好痛啊！"山神老师摇着头坐了下来。

"要不要把您送到医院去啊？"

"要不要给您找位医生啊？"

孩子们你一言我一语，担心着老师。

"不用了，我现在太老了，年龄太大了，是没有药能治好的。"

"那我给您揉揉吧？下雨天的时候，我常给奶奶揉腿。"小美说道。

"谢谢啦，不要紧的，但我就觉得有点儿对不起你们。"山神老师说。

"为什么呀？我们不要紧的。"

"我太不舒服了,不能教你们了。你们来当老师吧。"

"啊?让我们当老师?"孩子们同时伸长了

脖子，惊奇地问道，因为他们听不懂老师在说什么。

"我太难受，不能教你们了，所以你们要轮流出来当老师。就像老师一样，教授同学们知识。"

"我们怎么能当老师呢？"孩子们带着疑惑的表情问道。

"你们如果不当老师的话，我会被学校赶走的。你们希望我被学校赶走，回到深山里去吗？"

"不行！那可不行！"

"从明天开始，你们轮流开始当老师，每个人一小时。就像老师一样，站在讲台上面，不仅要教语文课，还要教数学课和英语课。你们能做到吗？"

孩子们没有立即回答山神老师，因为让九岁的他们来当老师实在是有点儿难了。

"不要担心，我会给你们一粒能成为老师的魔法药丸。吃了这粒药丸，你们就能像老师一样，话说得很好，学习也会变得很好。"

"真的吗？"

"当然啦！这是我特制的药丸。那么明天谁

先来当老师呢？"山神老师环视着孩子们说。

孩子们都怕叫到自己，心怦怦地跳着。

山神老师刚好和习王、小美对视了。

"对了！习王和小美不错，明天就由习王和小美来当语文老师吧。"

习王心里七上八下的，因为没有自信，他的脑袋像乌龟一样缩了回来。

下课后，习王和小美找到山神老师。山神老师好像正在等他们俩，他从抽屉里拿出了魔法药瓶，然后拿出了两粒绿色的药丸，放进了习王和小美的嘴里。

"味道怎么样啊？"

"柠檬味的。"小美舔了舔说。

习王和小美眨巴着眼睛，等待药效的发挥。

但是吃过后，他们却没有一点儿反应，还是不能像老师一样出口成章，头脑也没能变得聪明起来。

"药效是不能立即发挥出来的。成为老师的药效要发挥出来，需要的时间要长一些。回到家后，要按我说的做。"

"要怎么做呢？"习王问道。

"回家之后，读一下语文教科书。"

"只读一下就可以了吗？"

"只读一下是不行的，要大声地朗读，要一字一句地好好读。要读5遍、10遍、20遍，直到能流畅地读出来为止。要用能背诵的决心来读，细细地读了再读。"

"读 10 遍、20 遍就行了吗？"习王觉得太简单了，他问道。

"是的，但一定要出声读才行。出声读一遍的效果胜过默读三遍，一遍用眼睛读，一遍用嘴读，一遍用心读。"

"啊，看来出声读在头脑里留下的印象更深。"

"是的，然后接下来，你要照着镜子模仿老师的样子练习一下。把在教科书中学到的内容讲给小朋友们听。要带着一点儿都不漏，把内容生动有趣地讲给小朋友们听的态度好好练习。"

"但是，如果说着说着不记得了怎么办啊？"小美用担心的语调问道。

"那样的话,你就再看一遍课文,看完之后把课本合上,再练习。一直练到能连贯地讲出来才行,那样才能成为老师。"

"知道了!"习王和小美一起大声回答道。

习王和小美告别了山神老师,往家走去。但是走在回家的路上,这两个小朋友的脚步却显得有点儿沉重。

"如果讲不好的话,小朋友笑话我们怎么办?"

"小朋友嘲笑我的话,我肯定会哭的。"

习王和小美叹了一口气。

"但是不能让山神老师被学校赶走啊。山神老师生病了那么可怜,被赶到深山里就更可怜了。"说到这里,小美的鼻头都红了起来。

"小美啊,我们一起练习怎么样?两个人像照镜子一样,会练得更好。"

"好的,这是个好办法。"

小美和习王一起往小美家走去。

他们打开语文教科书,每人选了一篇课文。

习王开始读《白头山的长生草》,小美开始读《有智慧的儿子》。

"这个故事是很久以前的故事。有一座叫作白头山的大山。山下面……"

"很久很久以前,在一个小村子里住着一个人……"

他们按照山神老师的要求一字一句地读着。

"现在好像可以了,我先来说说看。"习王站在小美面前开始说白头山长生草的故事。

"母亲的病越来越严重。所以儿子……儿子……什么来着?"习王说着说着忘了词。

小美也练习了一遍,但她和习王一样,说了一半也忘词了。

"我们再读一下课文吧。按照山神老师的话,读一遍再读一遍,继续出声读地话,一定会记住的。"习王和小美没有放弃,他们带着自信坚持

到了最后。

　　30遍，40遍……他们终于能够顺利地把课文复述出来了。

"哇！我做到了！"

"我也做到了！我也做到了！"

习王和小美不仅能够复述课文，还可以把课文讲得绘声绘色。看他们讲课就像看话剧一样。

"山神老师给我们的魔法药丸真的太厉害了！"

"是的，把我们变成了老师呢！"

第二天，到了上语文课的时间了。山神老师还像昨天一样头上缠着绷带，拄着拐棍走了进来，他看起来好像很不舒服。

"哎哟，好累啊。习王和小美来当老师讲课吧。"

习王和小美忐忑地走上了讲台。几十双眼睛

看着他们。

习王开始认真地讲《白头山的长生草》。

"这个故事是很久以前的故事。有一座叫作白头山的大山。山下面有一个小村庄,村庄里住着一对母子。儿子……"

习王复述得非常流畅。当他讲到母亲坐在悬崖边的时候,深深地提着一口气,孩子们也跟着紧张起来。他讲到儿子艰难地攀爬的场面时,自己也模仿了主人公的样子,做出攀爬的姿势。

孩子们沉浸在习王所讲的故事情节里。

"之后,母亲的病全好了,和儿子一起幸福地生活着。"习王讲完了故事。

"哇!"孩子们都鼓起掌来,他们都被习王

讲的故事感动了。

下面该小美讲故事了,她也像习王一样,把《有智慧的儿子》讲得绘声绘色,同学们被她讲的故事深深吸引住了。

"太棒了,真的太棒了!比老师还要棒呢!"山神老师高兴地把习王和小美搂在怀里。

"习王啊,小美啊,你们两个现在已经成了语文小博士了,你们在大声朗读教科书的时候,就学到了大量的语文知识,你们现在已经比得上老师了。"山神老师不停地称赞他们。

"明天谁来替老师上课啊?"

"我!"

"我来!"

"我也要来!"

"嘿嘿!"

"哈哈!"

"不行不行,我要先来!老师,我最先举的手!"

慧智、民珠,还有贤贞,都把手举

让我来!

了起来。

其他孩子也都纷纷从座位上站了起来,把手举得很高很高。

开始没有自信的那些孩子受到了习王和小美的鼓励,都举起了手。

习王和小美将自己的勇气和自信传递给了其他同学。

"学习当老师就能成为语文小博士！"

"呵呵！"山神老师高兴地笑了，他的白胡须也跟着抖动起来。

山神老师和孩子们的笑声在教室里回荡着。

"哈哈！"

"嘿嘿！"

山神老师的魔法教案

教科书要反复地读,教科书里有很多值得学习的内容。不只是做题、看参考书才能学习好,我们认真地看教科书,也能够学好。

看教科书的时候,不要只用眼睛看,要发出声音来一字一句地读,一直读到能够背诵下来为止。读完之后,你就能够了解教科书的内容了,那样就可以站在小朋友面前,

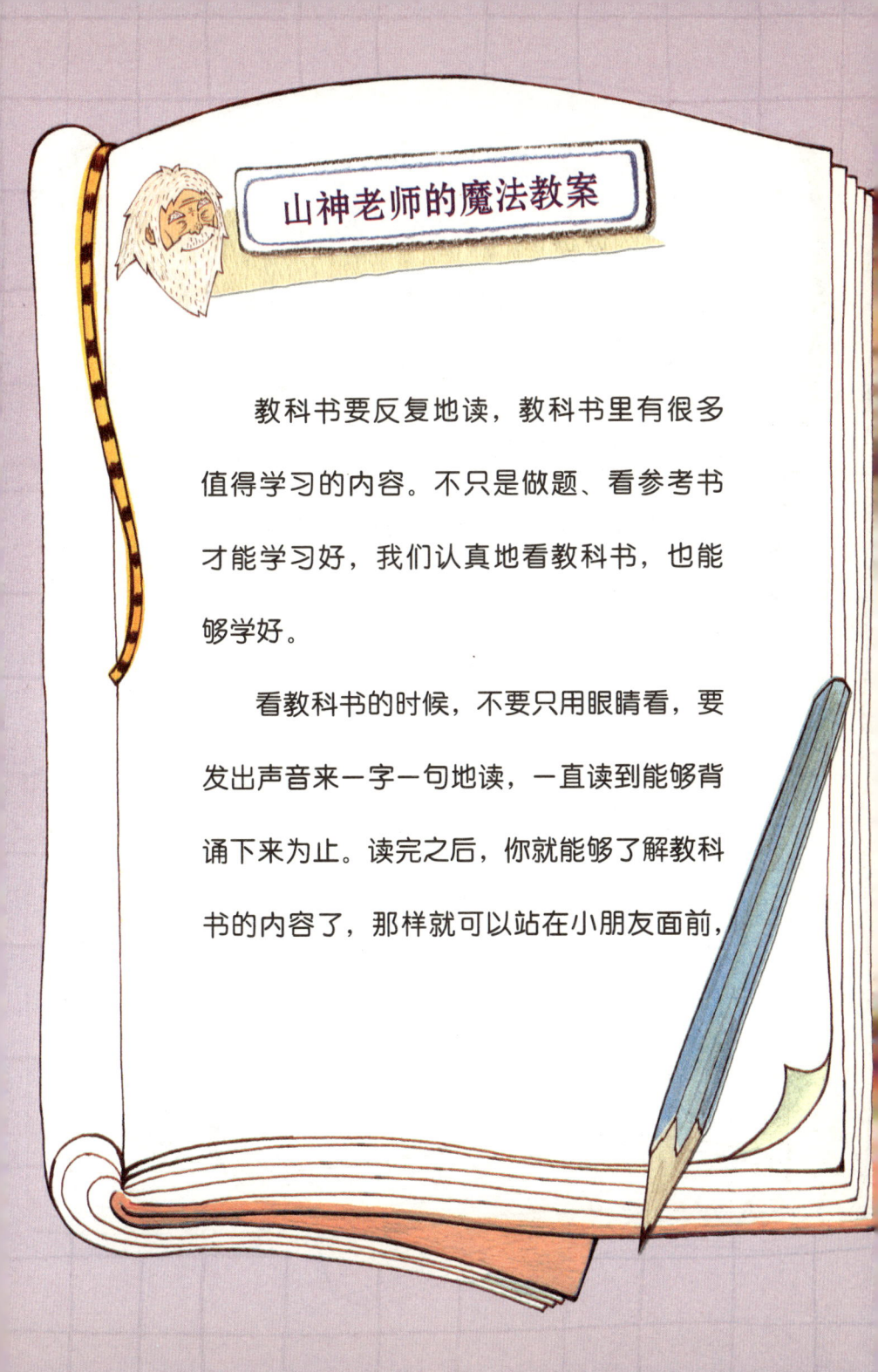

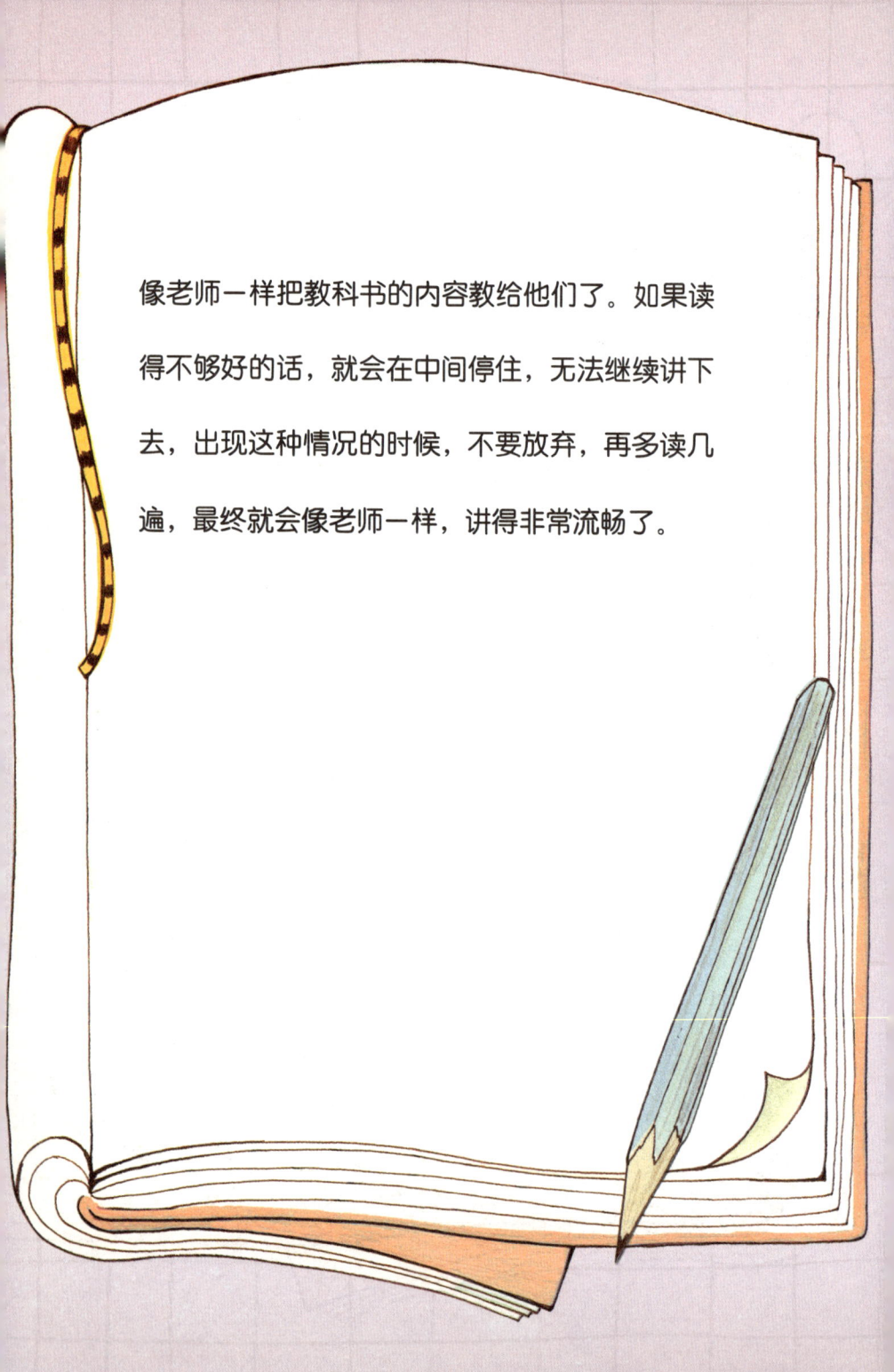

像老师一样把教科书的内容教给他们了。如果读得不够好的话,就会在中间停住,无法继续讲下去,出现这种情况的时候,不要放弃,再多读几遍,最终就会像老师一样,讲得非常流畅了。

学习真有趣

不知不觉中，3个月过去了。这3个月中，孩子们每天都围着山神老师转，习王他们班成了全校有名的"九岁老师班"，其他班的老师和孩子们都来参观，家长们也纷纷来参观。更让人高兴的是，山神老师来学校之后，孩子们的学习成绩都有了很大的提高。

"这个家伙得了100分，这个家伙也得了

100分,啊,这个家伙有点儿可惜,得了99分。"

真的是让人又惊又喜的事情啊!班里的大部

分孩子都得了 100 分。当然啦,习王和小美也都得了 100 分。

"代替老师做老师，都成了真正的老师了，你们比老师学得还要好。"

山神老师非常开心，脸上天天挂着笑容，孩子们的脸上也堆满了笑容。在习王这个班里，老师和孩子们的笑声像肥皂泡一样，不时地冒出来。

星期六的晚上。

"习王啊，你在干什么呢？"妈妈问道。

"我在装书包呢。"

"后天才上学呢，你怎么现在就开始装书包了呢？"

"我想去上学，特别想去，想赶紧睡完两个晚上，马上去学校当老师。"

习王把书拿了出来,像老师一样,开始认真地给自己讲解数学题。

爸爸和妈妈看到习王自信的样子,开心地笑了起来。

幸福的习王一家,以后又会有什么样的故事呢?

山神老师的魔法教程

最后，我再告诉你们一条：没有计划是学习不好的。

成功的人和失败的人，有什么不同呢？

那就是计划。成功的人有计划，但是失败的人没有计划。想学得好，就要学会制订学习计划，今天学习什么、学多少，要提前定下来。而且，一定要严格执行。首先，制订一个日学习计划，也就是确定每天要学习

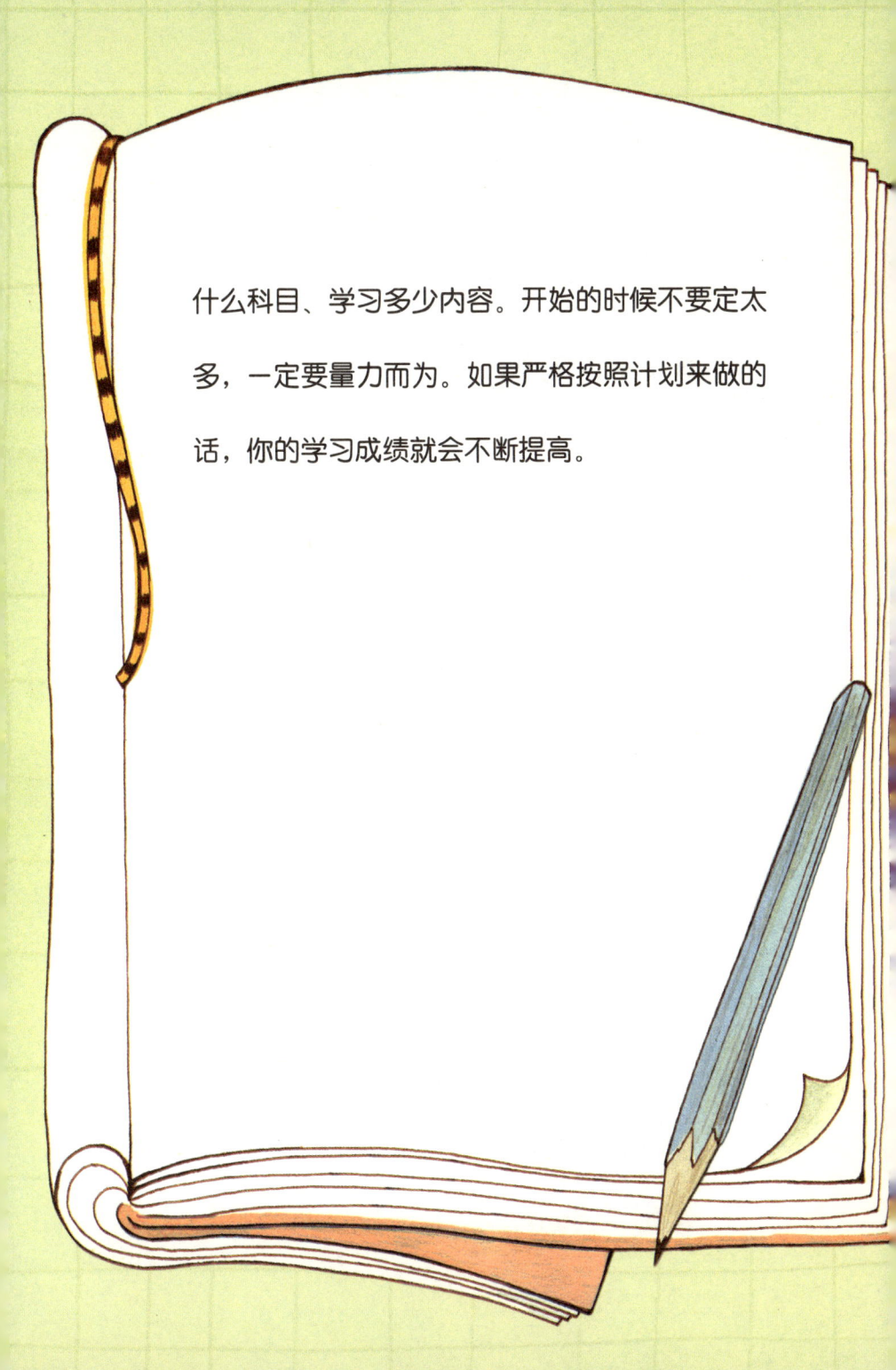

什么科目、学习多少内容。开始的时候不要定太多,一定要量力而为。如果严格按照计划来做的话,你的学习成绩就会不断提高。